BIJOUX ANCIENS

DIAMANTS ET ORFÈVRERIE

Appartenant à M. Victor DEGESNE.

Exposition publique le Jeudi 2 Avril 1868

Me CHARLES PILLET,	M. CH. MANNHEIM,
COMMISSAIRE-PRISEUR	EXPERT

1868

CATALOGUE

D'UNE JOLIE COLLECTION

de

BIJOUX ANCIENS

Belles Tabatières et Bonbonnières en or émaillé en plein
et autres en or ciselé et émaillé;
Boîtes en matières précieuses; Pendants d'oreilles en brillants et émeraudes;
Collier, Broche et Bracelet en brillants et pierres fines;
Étuis et Flacons en cristal de roche et agate, avec monture en or;
Chatelaines et Montres des époques Louis XV et Louis XVI;
Bijoux variés ornés de pierres fines;
Orfévrerie ancienne.

Appartenant à M. Victor DEGESNE

ET DONT LA VENTE AURA LIEU

HOTEL DROUOT, Salle N° 2

Le Vendredi 3 Avril 1868

A DEUX HEURES.

Par le ministère de **Me CHARLES PILLET**, Commissaire-Priseur,
11, rue de Choiseul,

Assisté de **M. Ch. MANNHEIM**, Expert, rue Saint-Georges, 7

Chez lesquels se distribue le présent Catalogue.

EXPOSITION PUBLIQUE

L Jeudi 2 Avril 1868, *de une heure à cinq heures.*

CONDITIONS DE LA VENTE

Elle sera faite au comptant.

Les acquéreurs payeront *cinq pour cent* en sus des enchères.

L'exposition mettant le public à même de se rendre compte de l'état des tableaux, il ne sera admis aucune réclamation une fois l'adjudication prononcée.

———

Nota. — A partir du 15 avril prochain, l'étude de Mᵉ Charles Pillet sera transférée de la rue de Choiseul, 11, à la rue Grange-Batelière, 10.

192. — Paris. Imprimerie de Pillet fils aîné, rue des Grands-Augustins.

DÉSIGNATION DES OBJETS

Tabatières et Bonbonnières

1 — Très-belle boîte du temps de Louis XVI, en or guilloché, émaillé vert, cordons ciselés sur fond orangé. Le dessus est orné d'un très-joli émail, sujet Mérope.

2 — Autre boîte modèle navette en or champ levé et émaillé en plein fond vert à ornements et rosaces. Le dessus est enrichi d'une grisaille émaillée en plein, représentant une jeune fille dans un paysage. Époque Louis XV.

3 — Jolie boîte de forme ovale en or ciselé, enrichie de six médaillons émaillés en plein et représentant des sujets pastoraux. Le bec est en roses. Époque Louis XV.

4 — Belle boîte carrée montée à cage et doublée en or enrichie de six panneaux ornés de peintures sur émail montés à enfantement et représentant des ustensiles villageois.

5 — Grande boîte à contours en jaspe noir taillé à cuvette enrichie d'incrustations de pierres diverses, représentant

des bouquets de fleurs en relief et d'ornements d'or. Beau travail de Florence.

6 — Boîte carrée en or ciselé, enrichie de six panneaux peints sur émail et représentant des intérieurs flamands genre Téniers.

7 — Boîte Louis XV, de forme carrée en prime d'améthyste taillée à cuvette et montée à gorge à charnière et ornements rocaille en or repoussé. Un chat et un chien en relief pris dans la masse décorent le dessus de la boîte; les yeux sont en roses.

8 — Très-jolie boîte Louis XVI, à pans, en or ciselé, fond malachite et dessus orné d'une peinture sur émail.

9 — Bonbonnière ronde du temps de Louis XVI, en or émaillé violet et cordons ciselés en relief à feuillages émaillés vert. Le dessus est enrichi d'une peinture sur émail.

10 — Petite boîte en or de forme ronde, un peu élevée à ornements émaillés bleu en plein. Époque Louis XVI.

11 — Boîte ovale en cristal de roche taillé à cuvette, monture à charnière en or ciselé, le bec orné de roses et d'émeraudes.

12 — Petite boîte persane en or émaillé en plein à fleurs de couleur.

13 — Boîte Louis XVI, modèle baignoire en or finement ciselé à perles et ornements.

14 — Boîte en ancienne porcelaine de Saxe gaufrée à vanne-
rie, décorée de fleurs et de médaillons de personnages;
à l'intérieur du couvercle, portrait de princesse alle-
mande; monture en argent doré.

15 — Boîte ovale et plate en argent, le couvercle repoussé
représente une charge de cavalerie.

16 — Grande boîte ronde en vernis de Martin, fond rouge
avec sujets pastoraux, monture en or ciselé et gorge en
vermeil.

17 — Boîte carrée en écaille posée et incrustée d'or à sujets
chinois, monture en or de couleur ciselé.

18 — Bonbonnière ronde Louis XVI, en or très-finement
ciselé.

19 — Bonbonnière ronde Louis XVI, en or émaillé fond
bleu étoilé d'or, enrichie d'ornements émaillés bleu et
rouge.

20 — Boîte de forme ovale en jaspe tigré; monture rocaille en
or repoussé. Le dessus présente l'initiale N de même travail. Époque Louis XV.

21 — Boîte ronde en écaille blonde, incrustation d'étoiles
d'or. Le dessus est orné d'une miniature sur ivoire représentant un portrait de femme. Époque Louis XV, cadre
en or.

22 — Boîte Louis XVI, forme navette, en or de couleur ciselé
en relief et représentant des sujets villageois.

23 — Jolie boîte Louis XVI, en or émaillé fond blanc, avec sujets de chasse. Travail de Genève.

24 — Boîte ovale en vernis de Martin, fond rouge, décorée et montée en or, sujets grisaille.

25 — Boîte ronde en écaille, ornée d'un joli fixé, sujet marine. Attribué à de Lioux de Savignac; cadre en or.

26 — Boîte à mouches, en ivoire de forme carrée, monture en or, le dessus est orné d'un fixé ovale, sujet marine.

27 — Autre petite boîte à mouches en ivoire de forme ovale avec sujet pastoral, vernis de Martin, monture argent.

28 — Bonbonnière ronde, vernis de Martin avec miniature, sujet offrande à l'Amour.

Bijoux

29 — Un collier composé de quarante-deux chatons en brillants, monture à griffes en argent.

30 — Une broche, monture feuillage et chatons composée de quatre-vingt-un brillants et roses.

31 — Très-beau pendant de col en rubis d'orient et brillants, forme double cœur surmonté d'un nœud; composé de neuf rubis, trente-neuf brillants et environ quarante-cinq roses.

32 — Une paire de boucles d'oreilles à pendant, composée de quatre rubis d'orient et trente-huit brillants.

33 — Un bracelet composé de cinq camées ronds, entourés de perles fines. Le corps du bracelet se compose d'une double chaine de trente-six brillants, avec entre-deux de quatre perles d'orient ; les camées se détachent à volonté pour former cinq broches.

34 — Une broche formée d'un beau camée en calcédoine à quatre couches. Tête de Bacchante ; monture en or avec entourage de trente et une perles fines.

35 — Une broche formée d'un très-beau camée à trois couches, tête d'Omphale ; monture en or avec entourage de trente-trois demi-perles fines.

36 -- Belle paire de boucles d'oreilles en émeraudes et brillants ; elles sont formées de deux beaux boutons carrés entourés de diamants et de pendeloques rattachées par des rubans en roses et diamants.

37 — Belle paire de boucles d'oreilles en diamants avec pendeloques poires.

38 — Paire de boucles d'oreilles, monture en or, avec pendeloques allongées, toutes garnies en brillants et roses.

39 — Une plaque de corsage incrustée d'émeraudes, de rubis diamants et perles fines. Travail indien.

40 — Parure en joaillerie ancienne, garnie d'émeraudes et de roses, le milieu de la broche est orné d'un camée sur

émeraude. Elle se compose d'une broche, de deux boucles d'oreilles et d'une pendeloque.

41 — Paire de boucles d'oreilles espagnoles, garnies d'émeraudes.

42 — Paire de boucles d'oreilles anciennes, enrichies de grenats; travail allemand.

43 — Broche ornée d'un petit émail Louis XVI, forme ovale-allongée en hauteur, monture tressée en or.

44 — Très-beau collier, composé de boules de lapis, garnies en or émaillé, avec entre-deux en or et pendant formé d'un camée en lapis. Monture en or à jour terminée par une perle fine.

45 — Un grand collier en or, genre étrusque enrichi de seize scarabées variés, entre-deux à palmettes en or.

46 — Collier du temps de Louis XIII, avec chatons carrés en rubis, monture en or émaillé noir et blanc; le milieu est orné d'un pendantif en forme de nœud enrichi de rubis.

47 — Collier composé de treize nicolos montés en or poli, avec double chaînette.

48 — Collier composé de vingt-sept petits camées anciens, monture à double chaîne unie.

49 — Collier Louis XIII, en or découpé et émaillé noir avec chatons carrés, garnis de vingt-trois brillants-tables.

50 — Bracelet composé de huit petits émaux anciens, monture en or.

51 — Bracelet composé de huit camées anciens, monture en or uni.

52 — Bracelet composé de huit camées en corail, monture en or uni.

53 — Broche formée d'une peinture sur émail, monture en argent ciselé, à feuillages émaillés garnis de pierres fines.

54 — Autre broche ornée d'une jolie peinture sur émail, du temps de Louis XVI, représentant le sacrifice d'Iphigénie, monture en or, entourée de trente-huit perles fines.

55 — Broche ornée d'un joli émail ancien, monture en or, avec entourage de demi-perles et quatre liens en roses.

56 — Broche formée d'un camée gravé sur grenat, monture or uni, enrichie de huit diamants-tables.

Châtelaines Montres

57 — Châtelaine Louis XVI, en or émaillé, fond bleu avec sujets peints en couleur, encadrés de perles fines. Elle est garnie d'une montre émaillée bleu avec double cercle en perles fines.

58 — Châtelaine en or émaillé avec sujet, garnie de sa montre émaillée sur or.

59 — Autre châtelaine en or ciselé, époque Louis XVI.

60 — Montre en or ciselé avec peinture sur émail, sujet champêtre entouré de roses ; le drageoir et les aiguilles sont également garnis en roses.

61 — Autre montre en or ciselé avec petit portrait de femme émaillé, le dessus et les aiguilles en roses.

62 — Montre Louis XV, en or émaillé en plein, avec sujet tiré de la Fontaine.

63 — Montre en or ciselé et émaillé à sujet peint en grisaille sur fond rougeâtre. Époque Louis XVI.

64 — Montre Louis XVI. en or émaillé bleu étoilé d'or, mouvement de Lepine.

65 — Deux petits émaux ronds peints en grisaille sur fond jaune, représentant des groupes d'Amour figurant les quatre saisons, avec cercles en or gravé.

Étuis et Flacons

66 — Etui Louis XV formant lorgnette en agate, avec ornements de De Bêche. en or finement ciselé et repoussé,

avec inscription émaillée au pourtour : *Gage de mon amitié.*

67 — Très-joli étui en or ciselé, représentant un buste de femme sur une gaîne, avec ornements composés de vingt-trois roses; beau travail de ciselure ancienne.

68 — Autre étui en agate rougeâtre, monté en or et garni d'ornements rapportés en or repoussé ; le poussoir est orné de deux rubis.

69 — Étui en or à pans, décoré d'ornements émaillés bleu et noir et de filets blancs. Époque Louis XVI.

70 — Étui en or à cordons ciselés et fond guilloché.

71 — Porte-plume, fond émaillé queue de paon, avec torsade en perles fines.

72 — Autre porte-plume Louis XVI, en écaille incrustée d'étoiles en or; monture en or de couleur ciselé.

73 — Très-beau flacon en cristal de roche, monture Louis XVI, en or ciselé et émaillé gros bleu et feuillages de couleurs surmonté d'une jolie perle sur un collier en roses.

Coupes et Nécessaires

74 — Jolie coupe en cristal de roche forme coquille, monture style Renaissance en argent doré, avec figurines ciselées et émaillées.

75 — Autre coupe en cristal de roche, avec ornements en relief en argent ciselé et émaillé.

76 — Petite coupe en cristal de roche très-pur, monture en
argent.

77 — Très-jolie petite tasse à goulot et avec soucoupe, en jade
blanc incrusté de rubis et d'or. Travail indien très-fin.

78 — Petite coupe en cristal de roche, ronde, taillée à go-
drons, avec son couvercle garni de dix chatons en tur-
quoises.

79 — Très-joli nécessaire Louis XV, en agate rubannée, monté
en or et enrichi d'ornements de De Bêche en or repoussé.
Il est garni à l'intérieur de toutes ses pièces en or finement ciselé.

80 — Étui vernis de Martin, rayé rouge et jaune d'or, ga-
lonné en or, flacon à l'intérieur.

81 — Autre étui en ivoire uni, monté en or.

82 — Étui en vernis de Martin, de forme aplatie, fond rouge
translucide.

83 — Petit étui Louis XIV en argent doré, enrichi de panneaux émaillés fond blanc avec buste et ornements d'or
rapportés.

84 — Un porte-plume en or ciselé à guirlandes.

85 — Carnet en écaille incrusté de burgau, monture en or ciselé. Époque Louis XVI.

Orfévrerie

86 — Pot à eau et cuvette en argent à côtes contournées, richement ciselé à ornements rocaille. Époque Louis XV.

87 — Pot à eau et cuvette en argent avec ornements dorés rapportés; l'anse est formée d'une cariatide ciselée et dorée et le couvercle est surmonté d'un agneau pascal. Époque Louis XIII.

88 — Un grand vidrecome en argent repoussé et doré, sujet jeux d'enfants; l'intérieur est doré. Ouvrage allemand du XVI° siècle.

89 — Un pot ancien à anse, en argent repoussé à côtes et doré.

90 — Double timballe formant barrique en argent doré. Travail allemand.

91 — Deux jolis flambeaux Louis XIV, en argent ciselé à mascarons et ornements en relief.

92 — Quatre salières en argent ciselé du temps de Louis XVI, intérieur en verre bleu.

93 — Petite boîte et son plateau de forme contournée en vermeil, avec petits sujets ciselés en relief et ornements gravés.

94 — *Six petites cuillers à café en argent niellé et doré. Travail de Toula.*

95 — Douze autre cuillers à café, en argent niellé.

96 — Une petite bouteille turque très-finement repoussée, en cuivre doré.

97 — Petite boîte en argent repoussé à fleurs en forme de livre.

98 — Une petite bouteille turque, à parfums. Très-joli travail en filigrane oriental ; orné de grenats.

RED. :

19

MIRE ISO N° 1
NF Z 43-003
AFNOR
Cedex 7 - 92080 PARIS-LA-DEFENSE

graphicom

BIBLIOTHEQUE NATIONALE DE FRANCE

****

CHATEAU DE SABLE

1995